MOOMIN

姆米與大洪水

Småtrollen och den
stora översvämningen

朵貝・楊笙｜Tove Jansson

劉復苓 譯

作者序

一九三九年，戰事進入冬季。百廢待舉，更別說會有創作圖畫的動力和意義。

也許正是如此，我才會突然有股衝動，想寫點以「從前、從前」開頭的故事。

當然，以下絕對是童話故事，不過請容我避開公主、王子和小朋友，改而選用我筆下壞脾氣的知名卡通人物，並將他取名為姆米托魯。

故事寫了一半就被我擱置，直到西元一九四五年，友人指出它可以成為一本童書，要我寫完並加插圖，也許讀者會喜歡。

我想過書名應該要和姆米托魯找爸爸有關，就像尋找格蘭特船長那種風格。但是出版社希望簡單一點，就將它叫作《姆米與大洪水》。

本書深受我喜愛的童書所影響，有點《環遊世界八十天》作者朱爾・凡爾納的風格，又有點《木偶奇遇記作者》作者科洛迪的味道。但是，有何不可呢？

無論如何，獻上我的第一個美滿結局！

朵貝・楊笙

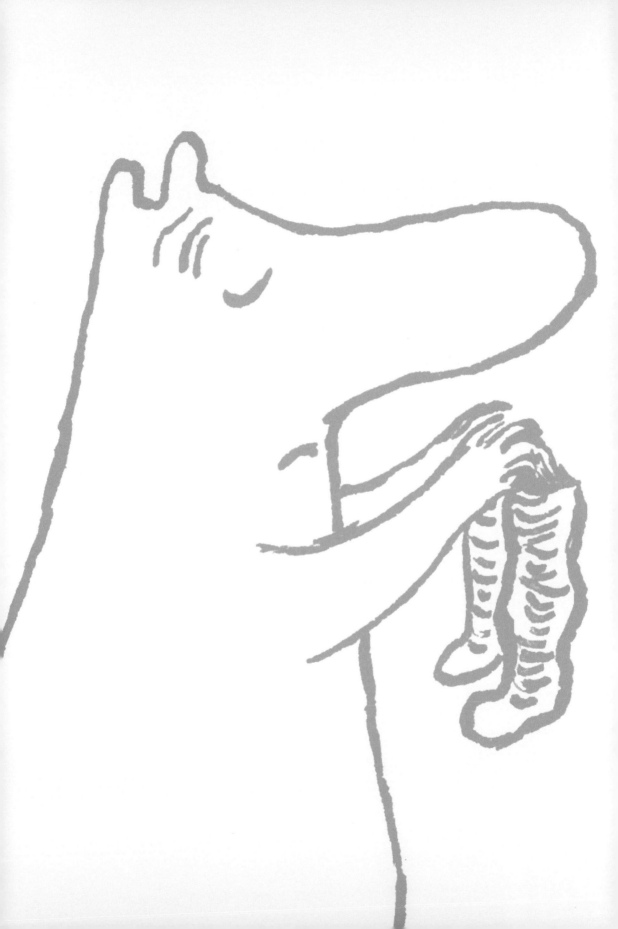

　　八月底某一天的黃昏，姆米托魯和姆米媽媽來到大森林深處。四周寂靜無聲，樹蔭遮蔽了天空，彷彿夜幕已然降臨。到處可見巨大的花朵閃爍著奇特的光芒，像是一盞盞忽明忽暗的燈光，遠方的黑暗之中，幾個螢光綠的光點在移動。

　　「那些是螢光蟲。」姆米媽媽說，但是他們沒有時間停下來仔細看。他們在尋找舒適又溫暖的地方，蓋房子好度過冬季。姆米家族的體質不勝嚴寒，因此房子最晚得在十月之前蓋好才行。

　　姆米媽媽和姆米托魯繼續走著，朝寂靜和黑暗深處
前進。姆米托魯越來越緊張，小聲問媽媽這裡有沒有危
險的猛獸。「應該沒有，」她說：「不過，最好還是走

快一點。真希望我們體型夠小，就算牠們出現了，也不會注意到我們。」

突然間，姆米托魯緊緊抓住姆米媽媽的手臂。「妳看！」他嚇得豎直了尾巴。樹幹後方的陰影裡，一雙眼睛正盯著他們。

姆米媽媽也嚇了一跳，她隨即鎮靜的說：「那只是個小動物。等一下，我來照亮他。你知道的，任何東西在黑暗中看起來都比較可怕。」

　　於是她摘了朵發光的巨花照向陰影處，有個很小很小、宛如小不點的生物坐在那裡，他看起來很友善，但有點害怕。「你看，在那裡。」姆米媽媽說。

　　「你們是什麼生物啊？」小不點問。

　　「我是姆米，」姆米托魯恢復了勇氣回答：「這位是我的母親。希望我們沒有打擾到你。」從他的回答看得出來，姆米媽媽將他培育得很有禮貌。

　　「完全沒有。」小不點說：「我悲傷的獨自坐在這裡，想要有人作伴。你們趕時間嗎？」

　　「是的。」姆米媽媽說：「我們想找個舒適又明亮的地方來蓋房子。也許你有興趣跟我們一起走？」

「太好了！」小不點説完，跳起來走向他們，「我迷路了，還以為再也看不見太陽！」

於是他們三人繼續趕路，還摘了朵大鬱金香照亮前方的道路。但是周圍的黑暗依舊濃得化不開，樹下花朵的光芒越來越微弱。終於，最後一盞燈光也完全暗去。前方隱約可見一潭黑水，空氣沉重又寒冷。

「噢，太可怕了，」小不點説：「那裡是黑沼澤。我不敢過去。」

「為什麼呢？」姆米媽媽問。

「因為那是巨蛇王的巢穴。」小不點環顧四周，小聲的説。

「哼！」姆米托魯想表現出自己很勇敢，「我們的體型這麼小，不會有人注意到。如果不敢過去，怎麼找得到陽光呢？跟著我們就對了。」

「走走看吧，」小不點説：「但是要小心，出了事你們負責！」

他們盡量不發出聲音，大步穿越草叢。四周全是冒著泡泡、沙沙作響的黑泥，但只要手上的鬱金香燈光還亮著，他們就還能保持鎮靜。姆米托魯一度跌倒，差點掉進沼澤，幸好姆米媽媽在最後一刻及時拉住他。

「我們應該坐船的，」她說：「現在你的腳都濕透了，一定會感冒。」她說完從皮包裡拿出一雙乾襪子，抱起姆米托魯和小不點，將他們放上一大片圓形的睡蓮葉。他們將尾巴伸進水裡當作船槳，直接向沼澤中心划去。一路上，可以瞥見水裡有不知名的黑色生物周游於樹根之間，不但在躍起與潛入時發出擾人的聲響，霧氣還陰森森的覆蓋在他們身上。突然間，小不點開口了：「我想馬上回家！」

「小不點，別怕，」姆米托魯聲音顫抖著說：「我們來唱歌壯膽，就……」

就在此時，鬱金香燈光全部熄滅，四周一片漆黑。黑暗中，他們聽到嘶嘶聲響，睡蓮的葉子也跟著上下擺

動。「快點，快點！」姆米媽媽大叫：「巨蛇王來了！」

　　他們奮力轉動尾巴划行，周圍水花四濺。巨蛇王緊緊追在後頭。牠面目猙獰，黃色的雙眼露出凶光。

　　三人拚了命的划著，但巨蛇王緊追不捨。牠張開血盆大口，探出長長的舌頭。姆米托魯雙手遮住眼睛，大叫道：「媽媽！」等著被一口吞進巨蛇肚子。

　　但他們卻安然無事。姆米托魯小心的從指縫間偷看一眼，不尋常的事情發生了。他們摘下的鬱金香又開始發

光，還張開了花瓣，中央站著一位留著及地藍髮的女孩。

鬱金香越來越亮，照得巨蛇王睜不開眼睛，他倏的右轉，發出憤怒的嘶嘶聲，爬入泥濘當中。

姆米托魯、姆米媽媽和小不點又激動又驚訝，久久説不出話來。

最後，姆米媽媽嚴肅的開口：「可愛的女孩，謝謝妳救了我們一命。」姆米托魯生平第一次深深鞠躬，藍髮女孩是他這輩子看過最美麗的事物。

「妳一直都在鬱金香裡面嗎？」小不點害羞的問。

「這是我的房子，」她説：「你們可以叫我鬱金兒。」

於是，他們慢慢划到沼澤對岸。這裡蕨類叢生，姆米媽媽鋪平苔蘚作為床，讓他們睡在裡面。姆米托魯依偎在姆米媽媽身邊，聆聽沼澤裡的青蛙唱歌。這一晚充滿了各種奇怪淒涼的聲音，他輾轉好久才進入夢鄉。

隔天一早，鬱金兒帶頭走在前面，她閃閃發亮的藍髮就像最明亮的日光燈。路途越來越險峻，最後，高山擋住了去路，讓他們看不到前方的道路。「我希望山上會有陽光，」小不點期盼的說：「我實在太怕冷了。」

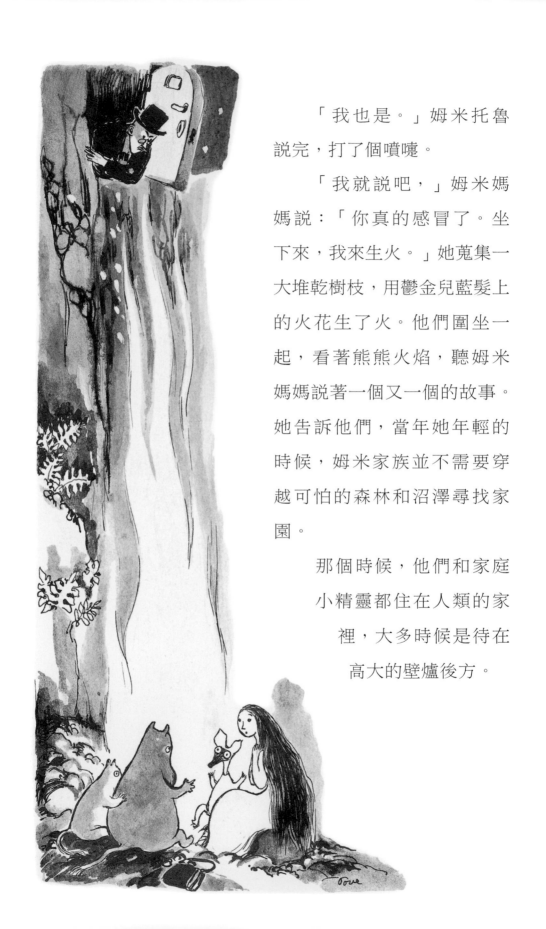

「我也是。」姆米托魯說完,打了個噴嚏。

「我就說吧,」姆米媽媽說:「你真的感冒了。坐下來,我來生火。」她蒐集一大堆乾樹枝,用鬱金兒藍髮上的火花生了火。他們圍坐一起,看著熊熊火焰,聽姆米媽媽說著一個又一個的故事。她告訴他們,當年她年輕的時候,姆米家族並不需要穿越可怕的森林和沼澤尋找家園。

那個時候,他們和家庭小精靈都住在人類的家裡,大多時候是待在高大的壁爐後方。

「我敢肯定現在還有姆米住在那裡。」姆米媽媽說：「我是說，只限於還有壁爐的房子裡。我們不喜歡中央空調。」

「人類知道我們住在他們家裡嗎？」姆米托魯問。

「有些人知道，」姆米媽媽說：「大多數的人類只能偶爾在獨處時，感覺到脖子吹過一陣涼風，那陣涼風就是我們。」

「告訴我們姆米爸爸的事情吧。」姆米托魯懇求。

「他很特別，」姆米媽媽若有所思、語帶哀傷的說：「他一直安定不下來，換了一個又一個壁爐，從來沒有滿意過。後來，他消失蹤影，和流浪一族溜溜離開了。」

「溜溜是什麼樣的生物啊？」小不點問。

「有點像是小精靈。」姆米媽媽解釋：「他們多半是隱形的，有時可以在人類家裡的地板下找到他們。在寂靜的夜晚，還可以聽到他們窸窸窣窣的聲音。不過，溜溜多半在世界各地流浪，不定居於任何地方，也不在乎任何事情。你永遠看不出來溜溜是快樂、憤怒、哀傷或驚訝。我確定他們完全沒有感覺。」

「那爸爸現在是不是也變成溜溜了呢？」姆米托魯問。

「不，當然沒有！」姆米媽媽説：「你要知道，溜溜只是欺騙姆米爸爸一起離開。」

「如果將來有一天我們能見到他，該有多好！」鬱金兒説：「他一定會很高興，對不對？」

「當然！但我不認為我們見得到他。」姆米媽媽説完便哭了起來，哭聲悲傷至極，讓其他人都開始啜泣，最後他們全都放聲大哭，更多悲傷的事情跟著浮現於腦海，四個人繼續大哭不止。鬱金兒的秀髮因悲傷過度而褪去顏色，失去了光澤。他們就這樣哭

了好一陣子，突然有人厲聲說：「你們在底下吵什麼啊？」他們馬上安靜下來，環顧四周，沒看見究竟是誰在說話。

這時，從岩石上垂下一條繩梯。他們往上一瞧，有位老紳士從山壁上的一扇門探頭出來。「發生什麼事了？」他叫道。

「抱歉。」鬱金兒彎腰向老紳士敬禮，「我們的遭遇很悲慘，姆米爸爸失蹤，我們又凍壞了，沒有力氣爬過山頭尋找陽光，也找不到地方休息。」

「我明白了，」老紳士說：「那麼，你們最好進來我家。我家的陽光絕對是你們夢寐以求的。」

　　要爬上梯繩相當不容易，尤其是對姆米托魯和姆米媽媽而言，因為他們的腿很短。「現在，你們必須擦乾淨腳底。」老紳士說完，便在他們身後拉上繩梯。接著，他非常小心的關上門，確保沒有其他會傷人的東西趁機溜進來。一行人走上了一道通往山裡的階梯。

　　「你確定這位老紳士可以信任嗎？」小不點低聲問道：「別忘了，出了事你們負責。」他說完，盡量縮小身子，躲在姆米媽媽後面。一道明亮的光線照了過來，樓梯引導他們來到一處風景優美的地方。

樹木閃耀著色彩，枝頭結滿從未見過的果實和花朵，樹下的草地覆蓋著一層閃亮的白雪。「太好了！」姆米托魯大喊，奔進雪地裡捏起雪球。

　　「小心，雪很冰！」姆米媽媽叫嚷。姆米托魯的手伸進雪裡，才發現那根本不是雪，而是冰淇淋，他腳下的綠草則是細砂糖鋪成的。草地上各種顏色的溪流縱橫交錯，河面冒著白色泡沫，底下的金色沙子清晰可見。「這是綠檸檬汁！」小不點蹲下來喝了一口後大叫：「這根本不是水，是檸檬汁！」姆米媽媽直接走向一條純白色的小溪，牛奶是她的最愛，姆米家族大多喜歡喝牛奶，至少年長一點的姆米是如此。鬱金兒在樹林間奔跑，採了滿懷的巧克力和糖果，每當她摘下閃閃發亮的果子，樹上馬上又長出新的果實。

他們忘記悲傷，在魔法花園裡越跑越遠。老紳士緩緩走在後面，似乎很開心見到他們的驚奇與讚嘆。「這全都是我自己做出來的，」他說：「太陽也是。」他們抬頭，才發現那並不是真正的太陽，而是金紙糊成的大燈。

　　「原來如此。」小不點失望的說：「我還以為那是真正的太陽呢！現在仔細一看，它的光線有點奇怪。」

　　「我已經盡力了！」老紳士不開心的說：「你們喜歡這個花園，對不對？」

　　「當然！」姆米托魯說，他滿嘴都是杏仁糖做的小石頭。

　　「如果你們想留在這裡，我會蓋糖果屋給你們住，」老紳士說：「我一個人住，有時挺無聊的。」

　　「那很不錯，」姆米媽媽說：「但如果您不介意，我們真的得繼續上路了。我們想在照得到真正陽光的地方蓋房子。」

　　「不，我們留下來！」姆米托魯、小不點和鬱金兒哀求。「好吧，孩子們，」姆米媽媽說：「等著瞧吧！」接著她便躺在巧克力樹下睡覺。

　　當她再度睜開眼，一聲可怕的呻吟傳進她耳中，她立刻明白是姆米托魯肚子痛。（姆米家族很容易肚子痛！）他吃了太多東西，肚子圓鼓鼓的，痛得不得了。坐在他旁邊的小不點則因為吃吃太多糖果而牙痛，哭得更淒慘。姆米媽媽沒有責罵他們，而是從皮包裡拿出兩包粉末，遞給他們一人一包，並詢問老紳士有沒有哪個水池裡裝的是美味的熱粥。

　　「恐怕沒有，」他回答，「但是我有鮮奶油池和果醬池。」

「您應該看得出來，」姆米媽媽說：「他們現在需要的是營養的熱食。鬱金兒到哪裡去了？」

「她說她睡不著，因為太陽一直不落下。」老紳士說，他看起來不怎麼高興，「我真的很遺憾你們不喜歡這裡。」

「我們會再回來的。」姆米媽媽安慰他：「現在，我真的必須帶大家到外面呼吸新鮮空氣。」於是，她一手牽著姆米托魯，另一手牽著小不點，並呼喚鬱金兒過來。

注意！
沒有盡頭！

「你們最好搭乘反方向的鐵路，」老紳士彬彬有禮的說：「它直通山裡，出去後便是陽光普照的大地。」

「謝謝您，」姆米媽媽說：「那麼，再見了。」

「那麼，再見了。」鬱金兒也跟著覆述一遍。姆米托魯和小不點還是很不舒服，一句話也說不出來。

「不客氣。」老紳士說。

於是，一行人搭上反方向的鐵路，穿越整座高山，火車速度快得令他們暈頭轉向，直到出了山頭還是頭昏眼花，坐在地上歇息好久才恢復。然後，他們轉頭環視周遭的環境。

眼前是一片海洋，海面上陽光閃閃發亮。「我要去游泳！」姆米托魯大叫，現在他肚子已經不痛了。「我也要。」小不點說。於是，他們直接跳進閃閃發亮的水裡。

鬱金兒綁起頭髮，確保不會落下髮絲後，
也小心翼翼的跟著他們踏進水裡。

「水好冰涼啊！」她說。

「不要泡得太久。」姆米媽媽說
完，直接躺下來晒太陽。她還是相當
疲倦。

突然間，一隻蟻獅從沙上慢慢爬過
來。他滿臉怒意的說：「這是我的沙灘！
你們得離開！」

「我們才不走。」姆米媽媽說。「等
著瞧！」蟻獅開始對著她的眼睛踢沙子，他又踢又抓，讓
姆米媽媽什麼都看不見。他越來越靠近，接著低頭猛挖著
沙灘，在周圍鑿出一個越來越深的洞。挖到最後，洞底只
能看到蟻獅的眼睛，但他還是繼續朝姆米媽媽丟沙子。姆
米媽媽漸漸滑進沙洞，拚命掙扎著想要爬出來。「救命啊！

救命啊！」她一邊大叫，一邊吐出嘴裡的沙子，「救救我！」

姆米托魯聽到她的叫聲，急忙從水裡爬出來。他及時抓住她的耳朵，用力拉扯姆米媽媽上岸，一面大罵蟻獅。小不點和鬱金兒也前來幫忙，最後，大夥終於將姆米媽媽拉上來，救了她一命。蟻獅依舊繼續挖洞洩憤，沒有人知道他能不能出得來。大家花了好久的時間才清乾淨眼睛裡的沙子，心情鎮靜下來。這時他們都失去游泳的興致，沿著海岸漫步，看看能不能找到一艘船。太陽已經下山，地平線後方，令人不安的烏雲正越積越厚，看起來將有一場暴風雨。突然，他們看到遠方海灘有東西在移動。

　　那是一大群白色的小生物，他們正推著一艘船。姆米媽媽盯著他們好一會兒，大聲叫道：「他們是流浪者！是溜溜！」她全力朝他們跑過去，等到姆米托魯、小不點和鬱金兒追上來的時候，姆米媽媽已經站在溜溜群當中。他們的身高只到她的腰，她跟他們講話、問問題和揮手，神情激動不已。她一遍又一遍的問他們是不是真的沒見到姆米爸爸，而溜溜只是睜大毫無色彩的圓眼睛看著她，又繼續推船入海。「噢，天哪，」姆米媽媽驚呼：「我真是太性急了！忘記他們不能說話，也聽不到任何聲音！」於是，她在沙上畫了一個英俊的姆米，旁邊還加了一個大問號。但是溜溜看也不看，他們成功的將船推上海面，正忙著升起船帆，準備啟航。也可能是他們不懂她的意思，畢竟溜溜是很笨的。

　　烏雲越來越接近，海面上浪潮開始拍動。

　　「沒有別的辦法了，我們得跟他們走。」姆米媽媽最後決定，「這海灘看起來陰森荒涼，我也不想再遇到另一隻蟻獅。孩子們，跳上船！」

　　「好吧，我可不負責任！」小不點抱怨著，但還是爬了上去，其他人也跟著上了船。有一隻溜溜坐在船舵上，在他的指揮下，小船駛向大海。天空越來越陰暗，浪頭濺起白色泡沫，雷聲在遠方隆隆作響。鬱金兒的長髮在狂風

中紛飛，閃耀著微光。

「我又開始害怕了！」小不點説：「真希望我沒有跟你們來。」

「哼！」姆米托魯才發出了個聲音，就不想再説話，只是靠在姆米媽媽身旁。浪花層層疊起，拍打進船身。風吹滿船帆，快速前進。他們有時看到美人魚在浪頭上跳舞，有時又瞥見一整群的海精靈。雷聲越來越響，閃電交錯於天空。「現在我也暈船了。」小不點説完，便開始嘔吐，姆米媽媽幫忙按著他的頭。太陽早已下山，在閃電的微光之下，他們

注意到有隻海精靈一直設法倚靠小船游動。「你好！」姆米托魯在暴雨中大叫，以表示他不害怕。「你好，你好！」海精靈説：「你看起來很像我的親戚。」

「如果是就太好了。」姆米托魯禮貌性的回應。但他覺得他們的關係可能很遠，因為姆米要比海精靈傑出多了。

「跳上船來！」鬱金兒對海精靈說：「不然你會跟不上的！」

海精靈奮力跳進船裡，像狗兒一樣甩掉身上的水。「這天氣真是不得了，」他說：「你們要去哪裡？」

「哪裡都好，只要靠岸就行。」小不點哀叫著，暈船令他難受得臉都綠了。

「如果是這樣，最好讓我來掌舵，」海精靈說：「如果你們繼續朝這個方向，將直接駛入茫茫大海。」

於是，他從坐在船舵上的溜溜手上接過舵柄，讓船轉向。奇怪的是，在海精靈的掌舵之下，一切顯得輕而易舉。小船與波浪共舞，有時還在浪頭之間遠距離跳躍。

小不點漸漸恢復了精神，姆米托魯也高興得尖叫。只有溜溜坐在船上，漠不關心的望著地平線。他們一心只想不斷流浪異鄉，其他事情都不在乎。

「我知道一個很棒的港口，」海精靈說：「它的入口非常狹窄，只有像我這樣優秀的水手，才有辦法把船開進去。」他大聲歡笑，讓小船在大浪間跳來跳去。在閃電之中，所有人都看見了從海面上升起的陸地，姆米媽媽覺得那一定是荒涼又恐怖的地方。「那裡有沒有食物呢？」她問。

　　「那裡應有盡有，」海精靈說：「抓好囉，我們將直接駛進港口了！」

　　船身急速駛入黑色的峽谷，暴風雨在高聳入天的崖壁之間放聲哭吼，捲起白沫的海水拍打著懸崖。小船眼看著就要直接衝撞上崖壁，沒想到，它居然就像隻小鳥般輕盈

的駛入港口。港邊的海水清澈無比，就像潟湖一樣平靜無波，還泛著綠光。

「感謝老天！」姆米媽媽說，她原本並不相信海精靈，「這裡看起來很棒。」

「那要看你喜歡什麼了，」海精靈說：「像我就比較喜歡狂風暴雨的時候。我最好趁海浪平靜下來之前回去。」他說完便翻身入海，消失在水中。

溜溜看到眼前的陌生之地，個個興高采烈。有些溜溜開始收拾鬆弛的船帆，有些則舉起船槳，急切的往綠色的溼地划去。小船在一片開滿野花的綠地邊靠岸，姆米托魯拿著船纜跳上地面。

「大家鞠個躬，謝謝溜溜載我們一程。」姆米媽媽說。姆米托魯深深鞠躬，小不點也搖搖尾巴以示感激。

「非常謝謝你們。」姆米媽媽和鬱金兒說，同時屈膝行禮。等他們抬起頭來，溜溜已經消失無蹤。

「我想他們隱形了，」小不點說：「真是有趣的種族。」

接著，四人跨越野花而行，此時太陽高高升起，朝露閃爍著光芒。

　　「這裡是我想要定居的地方，」鬱金兒說：「這些花
比我那朵鬱金香更美麗，而且，以前的花色與我的髮色並
不搭配。」

　　「你們看，黃金蓋的房子！」小不點突然伸出手指
叫道。草地上有座高塔，太陽反射在塔上一整排的窗戶
上。整個頂樓都是玻璃做的，在陽光的照射下，像是燃
燒的紅色金礦。

　　「不知道是誰住在裡面，」姆米媽媽說：「現在叫醒
他也許太早了。」

「可是我好餓。」姆米托魯說。「我也是。」小不點和鬱金兒說。

三人看著姆米媽媽。「嗯……那好吧，」她說完，走到塔前敲門。

不一會兒，門上開了個小洞，一個滿頭紅髮的男孩探出頭來。「你們遇到海難嗎？」他問。

「幾乎算是，」姆米媽媽說：「可以確定的是，我們都餓壞了。」

男孩打開大門，邀請他們進入。他看到鬱金兒，便深深一鞠躬，因為他從來沒見過如此美麗的藍色頭髮。鬱金兒也鞠躬回禮，她覺得男孩的紅髮好看極了。一行人跟著他走上迴旋樓梯，一路來到玻璃做的頂樓，在這裡，每個方向都看得到大海。塔房中央有張桌子，桌上放了一大碗閃閃發亮的海布丁。

「那真的是給我們吃的嗎？」姆米媽媽問。

「當然，」男孩說：「每當海上有暴風雨的時候，我就會在這裡觀望，邀請所有逃進這港口的人享用海布丁。一直都是如此。」

　　於是他們圍坐在桌前，不一會兒就吃得精光。但是小不點有時會忘記禮貌，此時他將整個大碗拿到桌子底下，舔得一乾二淨。

　　「真是太謝謝你了，」姆米媽媽說：「你一定請過很多人上來吃海布丁，是吧？」

　　「噢，是的，」男孩說：「來自世界各地的人。旅人司那夫金、海幽靈、小傢伙和大傢伙、司諾克家族和亨姆廉家族……等等，還有奇形怪狀的鮁鯡魚。」

「你該不會碰巧見過其他姆米家族的成員吧？」姆米媽媽用興奮過度而顫抖的聲音問道。

「是的，我遇過一個，」男孩說：「就在上禮拜一的暴風過後。」

「不會剛好是姆米爸爸吧，是嗎？」姆米托魯叫道：「他的尾巴是不是放在口袋裡？」

「沒錯，他就是這樣。」男孩說：「我特別記得這一點，因為他這樣看起來很好笑。」

姆米托魯和姆米媽媽
高興得抱在一起，小不點更
是跳上跳下的歡呼著。

「他後來往哪裡走
了？」姆米媽媽問：「他有
沒有說什麼特別的事情？他
在哪裡？他好不好？」

「他很好，」男孩說：「他往南邊離開了。」

「我們必須立刻追上他，」姆米媽媽說：「也許還來
得及，快點，孩子們。我的皮包呢？」接著她急忙跑下旋
轉梯，速度快得其他人都跟不上。

「等一等！」男孩叫道：「先等一下！」他在大門口
趕上他們。

「請你原諒我們沒有好好跟你道別，」姆米媽媽焦急
的跳上跳下，「可是，是這樣的⋯⋯」

「不是的，」男孩說，他的臉頰變得跟他的頭髮一樣
紅，「「我只是想⋯⋯我是說，有沒有可能⋯⋯」

「好啦！直接說吧。」姆米媽媽說。

「鬱金兒，」男孩說：「美麗的鬱金兒，我在想，妳
願意留下來陪我嗎？」

「我非常樂意，」鬱金兒立刻回答，臉上滿是喜悅，「我從一進來就一直坐在那裡想著，在你的玻璃塔裡，水手可以從海上看見我閃耀的長髮。而且，我很會做海布丁。」接著她卻顯得有點緊張，看著姆米媽媽。「當然，我也非常想要幫助你們……」她說。

「我相信我們會有辦法的，」姆米媽媽說：「我們會寫信給你們兩位，讓你們知道事情的發展。」

於是，他們互相擁抱道別後，姆米托魯便與姆米媽媽和小不點往南走了。他們在花朵盛開的美景中步行了一整天，姆米托魯想要獨自停下來欣賞探索，但姆米媽媽急著趕路，不准他停下腳步。「你們見過那麼好笑的樹嗎？」小不點問：「「樹幹這麼長，樹頂卻只有一小撮葉子，真是太可笑了。」

　　「你才可笑！」姆米媽媽急切的說：「這是棕櫚樹，它們天生就長這樣子。」

　　「隨便妳怎麼說！」小不點生氣的說。

下午的天氣變得非常炎熱，草木低垂，太陽散發著可怕的紅色光芒。就連熱愛溫暖的姆米一家也走得相當辛苦，想在隨處可見的巨型仙人掌底下休息一會兒。可是，在還沒有找到姆米爸爸的任何蹤跡之前，姆米媽媽不能休息。即使天色開始變暗，他們還是繼續往南方走。

小不點突然停下腳步聆聽。「周圍是誰的腳步聲？」他問。

現在，三個人都聽見竊竊私語和樹葉簌簌的響聲。「只是雨聲，」姆米媽媽說：「反正，我們現在得躲進仙人掌下面了。」

雨下了一整晚，到了早上，更是大雨傾盆。他們往外看去，一切事物都變得灰暗又抑鬱。

「情況不妙，必須盡快趕路，」姆米媽媽說：「不過，我留了這個給你們，以備不時之需。」她從皮包裡拿出一大包巧克力條，這是她在老紳士的花園裡拿的。她將巧克力分成兩半，給他們一人一塊。

「妳不吃嗎？」姆米托魯問。

「不用了，」姆米媽媽說：「我不喜歡巧克力。」

那一整天，他們都在大雨中趕路，隔天也是。他們找了半天，只發現溼透的番薯和一、兩顆無花果，勉強填飽肚子。

第三天，雨下得更大了，每條小河都變成冒著白沫的急流。前進越來越困難，水位不斷上漲，最後，他們只得爬上一小塊岩石，以免被急流沖走。三個人就坐在那裡，看著越來越接近的湍急漩渦，覺得幾乎要感冒了。四周漂浮著洪水沖刷出來的家具、房屋和大樹。

「我想回家！」小不點說，但沒有人理會他。姆米媽媽和姆米托魯看到水裡出現奇怪的東西，它搖搖晃晃，朝他們迴旋過來。

「他們遇難了！」眼尖的姆米托魯大叫：「是一個大家庭！媽媽，我們得救他們！」

載浮載沉漂過來的是一張有坐墊的扶手椅，它不時卡在突出水面的樹幹之間，又被急流沖開，繼續漂流。椅子上坐著全身溼透的貓媽媽，她身邊還有五隻也一樣溼透的小貓。

「可憐的貓媽媽！」姆米媽媽大喊，隨即跳進及腰的水裡，「抓緊我，我用尾巴拉他們！」

姆米托魯穩穩的抓住姆米媽媽，小不點興奮過頭，什麼忙也幫不了。椅子就要漂過來了，姆米媽媽以迅雷不及掩耳的速度，用尾巴圈住扶手，開始拉扯。

　　「嘿喝！」她叫喊。

　　「嘿喝！」姆米托魯跟著大喊。

　　「喝，喝！」小不點尖叫：「別放手！」

　　椅子慢慢被拉到岩石旁，一陣波浪適時將它打上岸。
貓媽媽叼著小貓的頸背，一隻隻排好晾乾。

　　「感謝你們熱心幫忙，」她說：「這是我遇過最可怕
的事情了，真是超級貓難！」

　　然後，她開始舔舐她的小孩。

　　「我想，天氣就要放晴了。」小不點這麼說，他很慚
愧沒有出力幫忙救他們，於是想轉移話題。他說得沒錯，
烏雲逐漸散去，照出一束束的陽光。一眨眼的時間，太陽
的光芒遍布在平靜無波的水面上。

　　「太好了！」姆米托魯大叫：「現在起一切都會好轉
的，你們等著看！」

　　一陣微風吹起，趕走烏雲，搖動積滿雨水的樹梢。洪水已經平靜下來，小鳥唱起歌，貓媽媽在陽光下滿足的嗚嗚叫。「現在我們可以繼續趕路了，」姆米媽媽堅定的說：「我們沒有時間等水完全退去。孩子們，爬上椅子，我要把它推進湖裡。」

「我要待在這裡。」貓媽媽說完，打了個哈欠，「我們不該白忙一場。等地面乾了，我再走回家。」她的五隻小貓在陽光下恢復了精神，此時也坐起來打哈欠。

於是，姆米媽媽將椅子從岸邊推入水裡。「小心點！」小不點叫道，他坐在靠背上四處張望。他突然想到，大水過後也許會有值錢的東西在水中漂浮，像是一整籃珠寶之類的。為什麼不可能呢？他張大眼睛觀望，突然間，他看見有東西在水面上閃爍，忍不住興奮的大叫。「往那裡走，」他叫喊：「那裡有個發亮的東西！」

「我們沒有時間打撈漂浮物。」姆米媽媽說，不過她還是往那裡划過去，畢竟她是個慈祥的媽媽。

「只是個舊瓶子。」小不點用尾巴撈上東西後，失望的說。

「裡面也沒有好喝的飲料。」姆米托魯說。

「你們沒有注意到嗎？」姆米媽媽認真的說：「這東西很有意思，這是瓶中信。裡面有一封信。」接著她從皮包裡拿出開瓶器，拔開瓶塞。

她雙手顫抖，將信攤在膝蓋上，大聲念道：

親愛的尋獲者，請盡全力來救我！我美麗的家園遭洪水沖走，水位還在不斷上漲，我孤獨的坐在一棵樹上，忍飢受凍。

不快樂的姆米留

「孤獨、飢餓、受凍！」姆米媽媽說完便放聲哭泣，「噢，我可憐的小姆米托魯，你爸爸可能早就淹死了！」

「媽媽，不要哭，」姆米托魯說：「也許他就坐在附近的某棵樹上。畢竟，大洪水已經迅速退去了。」

情況的確如此。放眼望去，土堆、籬笆和屋頂陸續冒出水面，小鳥也高聲歌唱。

扶手椅慢慢搖晃向前，來到一座小山丘上，許多人匆忙奔走，從水裡拉出他們的家當。「哎呀，那是我的椅子。」大亨姆廉大喊，他正忙著將餐廳家具集中在岸邊，「你們憑什麼認為，可以拿我的椅子當船來划？」

「它用來做船也很爛！」姆米媽媽生氣的說，然後登上岸，「我才不稀罕它呢！」

「不要激怒他，」小不點小聲說：「他可能會咬人！」

「胡說八道，」姆米媽媽說：「孩子們，過來。」他們沿著岸邊走，亨姆廉則仔細檢查椅子泡水的狀況。

「你們看！」姆米托魯指著一隻來回走動、不斷責罵自己的禿鸛，「不知道他弄丟了什麼，他看起來比亨姆廉還生氣！」

「小鬼頭，」聽覺靈敏的禿鸛説：「如果你年近百歲又掉了眼鏡，你看起來也不會多開心。」説完他便轉過身繼續尋找。

「來吧，」姆米媽媽説：「我們得出發找你爸爸了。」

她拉著姆米托魯和小不點的手匆匆離去。

沒多久，他們看見洪水退去的草地上有東西閃閃發亮。「我猜那一定是鑽石！」小不點大喊。他們走近一看，才發現那只是一副眼鏡。

「那是禿鸛的眼鏡！妳不認為嗎？」姆米托魯問。

「肯定沒錯，」她説：「你最好跑回去將眼鏡還給他。可是要快一點，你可憐的爸爸正坐在某處，又餓、又濕、又孤單！」

姆米托魯踩著兩條短腿，用最快的速度奔跑，沒多久便看見不斷用鳥嘴輕啄水面的禿鸛。「嘿，先生！」他大叫：「禿鸛叔叔，您的眼鏡！」

「哇，誰料想得到！」禿鸛非常開心的說：「也許你並不是討人厭的小鬼頭。」他說完便立刻戴上眼鏡，左右轉頭。

「我真的得馬上離開了，」姆米托魯說：「我們也在找尋失物。」

「好的，好的，我知道了，」禿鸛語帶友善的說：「你們在找什麼？」

「我的爸爸，」姆米托魯說：「他正坐在某棵樹上。」

禿鸛思索了好一陣子後堅定的說：「你不用獨自尋找，我會協助你，因為你幫我找到了眼鏡。」

於是，他小心翼翼的叼起姆米托魯，將他放在背上，再揮動幾次翅膀，沿著岸邊飛了起來。

姆米托魯從來沒有飛在空中過，他覺得非常好玩，又有點恐怖，當禿鸛降落在姆米媽媽和小不點身旁，他感到非常驕傲。

　　「女士，我願意為您效勞，幫助您尋找失物。」禿鸛說完，向姆米媽媽一鞠躬，「如果你們全都爬上來，我們立刻就可以起飛。」他先叼起姆米媽媽，接著是小不點，小不點則是興奮的尖叫起來。

　　「抓緊囉！」他說：「我們現在要飛越洪水了。」

　　「我認為這是目前為止最棒的事情，」姆米媽媽說：「哎呀！飛行根本不像我想的那麼可怕。仔細留意各個方向，尋找姆米爸爸的蹤跡！」

　　禿鸛胡亂的繞圈，低飛至每個樹梢。他們看到許多人坐在樹枝上，但都不是他們要找的對象。「我等一下要回來救那些小傢伙。」禿鸛說，他對救援行動產生了使命感。禿鸛在水上來回飛行許久，太陽漸漸落下，希望也變得越來越渺茫。

突然間，姆米媽媽大叫：「他在那裡！」她激動的揮手，差點掉下去。

「爸爸！」姆米托魯呼喊著，小不點純粹因為感同身受，也跟著喊叫。

前方一棵最高的大樹樹幹上，姆米爸爸就坐在那裡，盯著汪洋洪水。他在旁邊的樹枝上綁了一面求救旗幟。

姆米爸爸看到禿鸛降落在樹上，全家人都跑下來，驚喜得説不出話。「我們再也不要分開了。」姆米媽媽拉著他的手，吸著鼻子説：「你好嗎？你感冒了嗎？這些日子你到哪去了？你蓋的房子很棒嗎？有沒有常常想起我們？」

　　「那是一棟很棒的房子！」姆米爸爸説：「我親愛的兒子啊，你長得好大了！」

　　「好了，好了，」禿鸛説，他也開始感動了起來，「我最好帶你們到乾燥的土地，並且搶在太陽下山前再多救一些人。救人真快樂。」他載著姆米一家人回到岸邊，一路上爭相説著所有可怕遭遇。岸上的人點燃營火來取暖及烹飪，他們多半都已經無家可歸。禿鸛將姆米托魯、

姆米爸爸、姆米媽媽和小不點送到其中一團營火旁邊，匆忙道聲再見後，便再度飛越洪水。

「晚安。」兩隻點燃營火的鮟鱇魚說：「請坐，湯就快煮好了。」

「非常感謝，」姆米爸爸說，「你們不知道我的房子在淹水以前有多棒，我一人獨力建造完成。如果我再蓋好一棟新房子，隨時歡迎你們造訪。」

「之前的房子有多大啊？」小不點問。

「有三個房間，」姆米爸爸說：「一間是天空藍，一間是陽光黃，最後一間則是圓點。小不點，閣樓的客房可以給你住。」

「你是真的計畫要和我們一起住在那裡嗎？」姆米媽媽非常高興的說。

「當然。」他說：「我一直到處尋找你們。我永遠忘不了我們舒適的舊壁爐。」

他們就這樣坐著，輪流講著自己的冒險經歷，喝著熱湯，直到月亮升起，岸邊的營火一一熄滅。他們向鮍鱇魚借來毛毯，大家蜷縮在一起，進入夢鄉。

隔天早上，洪水已經退得差不多，他們興高采烈的走入陽光普照的大地。走在前方的小不點手足舞蹈，還綁了個蝴蝶結在尾巴上，因為他實在太開心了。他們就這樣整天漫步著，路上經過的風景全都美不勝收。大雨過後，各地盛開了最豔麗的花朵，樹木更是開滿花朵和果子，他們只需要輕輕搖晃樹幹，果實便紛紛落下。

最後，他們來到一座小山谷，這裡比他們當天見過的地方都還要美麗。而就在草地中央，佇立著一棟如同高大爐灶的房子，外型優雅，牆壁漆成了藍色。「哎呀，那是我的房子！」姆米爸爸非常高興的叫道：「它一定是隨著洪水漂流過來，最後停留在這兒了！」

「太棒了！」小不點歡呼道，一行人急忙跑下山谷，好好欣賞房屋。小不點爬上屋頂，發出更大的歡呼聲。他看到一條大珍珠項鍊因洪水而意外的掛上了屋頂。

「我們發財了！」他叫道：「我們可以買一輛車，甚至再買一棟更大的房子！」

「不，」姆米媽媽說：「這棟房子已經是我們所能擁有最漂亮的房子了。」

接著，她牽著姆米托魯走進天藍色的房間。從此以後，除了幾次離家旅遊和尋求變化之外，他們在這座山谷裡度過了一輩子。

作者 朵貝‧楊笙*Tove Jansson*（*1914-2001*）

一九一四年出生於芬蘭。楊笙的父親是雕刻家，母親則是畫家兼商業設計師，小時候的楊笙是一個喜歡沉浸在幻想中、愛開玩笑、總是惡作劇的少女，和她筆下的角色「米妮」如出一轍。

楊笙十三歲時就在雜誌刊載詩文與插畫，也創作諷刺畫針砭時事。一九四五年，楊笙完成她的小說處女作《姆米與大洪水》，是現在世界知名經典的「姆米系列」開端。直到一九五四年，楊笙在倫敦的《晚間新聞》開始連載漫畫後，姆米熱潮才真正展開，並於一九六九年與日本電視公司跨海合作，推出姆米動畫卡通，在一百多個國家播出。據統計，姆米系列至今已有超過三十四種語言譯本。

楊笙在一九五二年獲頒斯德哥爾摩最佳兒童讀物獎，一九六三年獲得芬蘭國家兒童文學獎，一九六六年榮獲兒童文學界最高榮譽的國際安徒生大獎，並於一九七六年得到芬蘭的三大官方勳章之一的芬蘭獎章，成為國際上代表芬蘭的作家。

二〇〇一年六月二十七日，朵貝‧楊笙因病去世於芬蘭赫爾辛基，享年八十六歲。

譯者 劉復苓

　　劉復苓，美國明尼蘇達大學新聞暨大眾傳播研究所碩士，曾任經濟日報記者，現專職翻譯。旅居歐美十多年，對中文書寫熱情不減，原文書內容從國外生活與旅遊中獲得驗證，期許翻譯作品能因此更翔實。翻譯「姆米系列」在心靈與視覺都是一大享受，身在比利時索涅森林想像姆米谷的山林美景，在關卡重重的異國生活中揣摩姆米托魯的冒險犯難，盼將這份臨場感傳遞給讀者。個人部落格：「Clare的文字譯站」（blog.xuite.net/clarefuling/tw）。

故事館 31
姆米與大洪水
DSMÅTROLLEN OCH DEN STORA ÖVERSVÄMNINGEN

作　　　者	朵貝．楊笙（Tove Jansson）
譯　　　者	劉復苓
封面設計	達　姆
責任編輯	丁　寧
校　　　對	呂佳真

版　　　權	吳玲緯　蔡傳宜
行　　　銷	闕志勳　吳宇軒　陳欣岑
業　　　務	李再星　陳紫晴　陳美燕　葉晉源
副總編輯	巫維珍
編輯總監	劉麗真
總 經 理	陳逸瑛
發 行 人	凃玉雲
出　　　版	小麥田出版

10483 台北市中山區民生東路二段 141 號 5 樓
電話：(02)2500-7696
傳真：(02)2500-1967

發　　　行　英屬蓋曼群島商家庭傳媒股份有限公司
城邦分公司
10483 台北市中山區民生東路二段 141 號 11 樓
網址：http://www.cite.com.tw
客服專線：(02)2500-7718 │ 2500-7719
24 小時傳真專線：(02)2500-1990 │ 2500-1991
服務時間：週一至週五 09:30-12:00 │ 13:30-17:00
劃撥帳號：19863813　戶名：書虫股份有限公司
讀者服務信箱：service@readingclub.com.tw

香港發行所　城邦（香港）出版集團有限公司
香港灣仔駱克道 193 號東超商業中心 1/F
電話：+852-2508-6231
傳真：+852-2578-9337

馬新發行所　城邦（馬新）出版集團 Cite(M) Sdn. Bhd.
41, Jalan Radin Anum, Bandar Baru Sri Petaling,
57000 Kuala Lumpur, Malaysia.
電話：+603-9056-3833
傳真：+603-9057-6622
讀者服務信箱：services@cite.my

麥田部落格　http:// ryefield.pixnet.net
印　　　刷　前進彩藝有限公司
初　　　版　2016 年 7 月
初版五刷　2023 年 3 月
售　　　價　320 元
版權所有 翻印必究
ISBN 978-986-92623-9-2
本書若有缺頁、破損、裝訂錯誤，請寄回更換。

國家圖書館出版品預行編目 (CIP) 資料

姆米與大洪水 / 朵貝．楊笙 (Tove Jansson) 著
；劉復苓譯 . -- 初版 . -- 臺北市：小麥田出版：家
庭傳媒城邦分公司發行, 2016.07
　面；　公分 .
譯自：Småtrollen och den stora översvämningen
ISBN 978-986-92623-9-2(平裝)

881.159　　　　　　　　　105008407

城邦讀書花園
www.cite.com.tw
書店網址：www.cite.com.tw